孙子兵法

—— 第二十七册

上海人民美术出版社

浙江人民美术出版社

目　录

战 例　**班超文武兼用定西域**

编文：梅　志　谷　岩

绘画：钱定华　墨　涛
　　　韵　濛　陈　旸

原　文　屈诸侯者以害，役诸侯者以业，趋诸侯者以利。

译　文　要使各国诸侯屈服，就用它最厌恶的事去伤害它；要使各国诸侯忙于应付，就用它不得不做的事去驱使它；要使各国诸侯被动奔走，就用小利去引诱它。

1. 东汉初年，西域的车师、鄯善、莎车、龟兹诸国弱肉强食，互相兼并，渐渐脱离汉朝，依附匈奴，并屡犯汉境，扰得人民不能安居乐业。

2. 汉明帝永平十六年（公元73年），假司马班超与从事郭恂率领三十六人，奉命出使西域。班超等一行西出阳关（今甘肃敦煌西南），一路上跋山涉水，风餐露宿，历尽艰辛。

3. 班超与郭恂领着三十六人先到鄯善（以楼兰国改名，在今新疆若羌），国王广殷勤款待了他们。

4. 数日后，鄯善国王的态度变得疏远、冷淡起来。班超对部下说："想必近日有匈奴使者前来，国王不知所从，才对我们冷淡了。"

5. 正议论间，恰巧鄯善国侍者来送饭菜。班超察颜观色，突然故意问道："匈奴使者已来多日，今在何处？"

6. 鄯善国对此事本来讳莫如深，不料被班超一语道破，侍者以为班超早已知晓，只得如实说出。班超当机立断，把侍者留住，软禁起来。

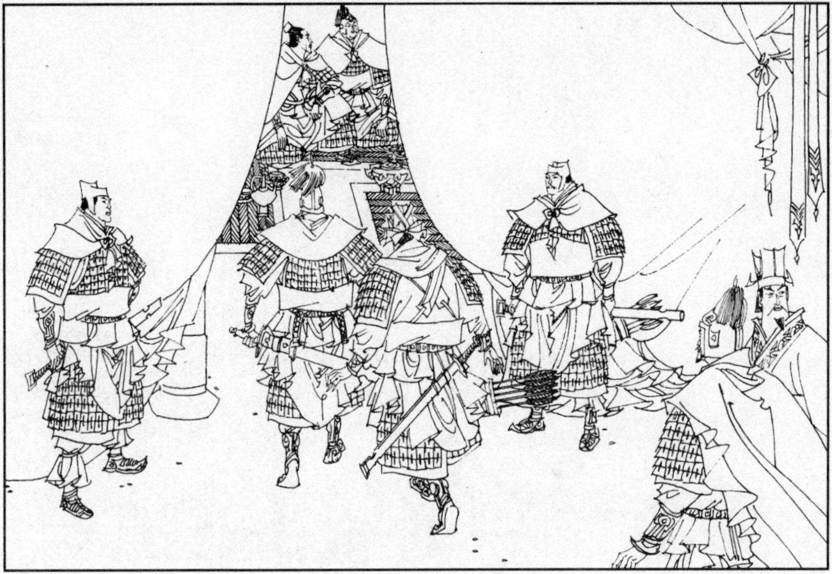

7. 班超当即派部下悄悄把随行的三十余人召集起来，一起饮酒。

8. 酒至半酣，班超对大家说："我与各位出使西域，本想建功立业，如今匈奴使者才来了几天，国王的态度就变了，假如他出兵捉拿我们交给匈奴处置，就只有死路一条了，大伙儿看看该怎么办呢？"

9. 众人听了都说:"事已如此,只得甘苦同尝,我们都愿听从司马的调遣。"班超奋起说:"不入虎穴,焉得虎子! 我们只要杀死匈奴使者,鄯善国王自然畏惧,成功与否,在此一举了!"

10. 众人听了，又觉得过于冒险，犹豫不决地说："如此大事，请和郭恂商议一下。"班超厉声说："郭恂是文官，闻此必然恐惧，一旦泄露了计谋，大家性命难保，死得不明不白，如何算得壮士呢！"

11. 众人见班超面带怒容，谁也不敢多言。班超于是命令大家做好准备，等到半夜，一起去袭击匈奴使者的营地。

12. 此时，北风大作，飞沙走石，寒彻肌骨。班超率领三十余轻骑，径
奔匈奴使者驻地。

13. 众人顶风前进，心中有些胆怯，速度越来越慢。班超激励大家："这正是天助我成功，尽可放胆前进，不用顾虑！"一马当先，奋勇向前，众人都紧紧跟上。

14. 将近敌营，班超令十人持鼓，绕到匈奴使者的营帐后面，并且悄悄叮嘱说："你们如见前面起火，就击鼓呼喊，虚张声势，千万不能失误！"

15. 十人领命走后，班超又命二十人各持刀枪、弓箭，悄悄地摸到敌营前埋伏。

16. 布置好后，班超亲自率领数骑，突进敌营，顺着风势放起火来。一时火光四起，战鼓频频，喊杀声震动旷野。

17. 匈奴使者从梦中惊醒，吓得走投无路，仆从更加惊慌失措，东奔西窜，顿时大乱。

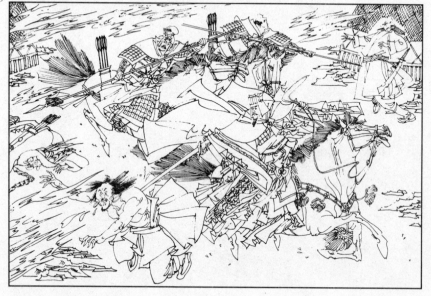

18. 班超率先冲进敌营，一下杀死了三人，部下一拥而上，当场将匈奴使者和三十余名匈奴随从杀死。

19. 剩下的百余名匈奴士卒则全被烧死。班超的部下无一伤亡。

20. 次日黎明，班超率众回到寓所，告知郭恂。郭恂听了十分惊骇，后又低头沉思。班超懂得郭恂的心思，说："你虽未同去，但我俩休戚与共，我不会独吞此功。"郭恂听了十分高兴。

21. 班超当即命手下请来鄯善国王广，把匈奴使者的首级扔在他脚下。鄯善国王吓得面如土色，浑身颤栗。

22. 班超乘机宣扬汉朝的威德，劝他从此一心一意与汉和好。鄯善国王本来对匈奴经常要他进贡，勒索财物很不满，一听班超的话，连连点头，并愿意让儿子随班超去汉朝作人质。

23. 班超不损一兵一将，降服鄯善国，汉明帝闻报大喜，赞扬班超智勇双全，封他为军司马，命他出使于阗（今新疆和田一带），继续为朝廷建功。

24. 朝廷要增拨人马与班超同行。班超婉言谢绝："于阗国路太远，就是带兵数百也无济于事，只要前时从行的三十六人就足够了。"

25. 班超一行来到于阗。于阗国王广德新近击败了邻国莎车，国力雄厚，兵强马壮，更兼匈奴派有使者监护其国，更是有恃无恐，见了班超态度甚是傲慢。

26. 于阗的民俗信巫。国王广德召来巫师占卜，是依附匈奴，还是归顺汉朝。巫师装腔作势一番后说："神发怒了，责问于阗王为何竟要归顺汉朝。汉朝使者的马，可以取来献给神。"

27. 于阗国王广德素来迷信，当即派人向班超索马，班超此时已探听到巫师的话，就指定要巫师亲到汉使驻地取马。

28. 巫师有恃无恐，依言前来，班超也不与他多说，突然抽出佩刀，把巫师劈死在地。

29. 班超手提巫师的首级来见于阗国王广德，并把前些日子制服鄯善国的情形告诉他，要国王自己选择何去何从。

30. 于阗国王广德听了，深感意外，惊疑参半，立即向班超表示了歉意，热情接待了汉使；同时，又悄悄派人前去鄯善国探听消息。

31. 不久，部下回到于阗向国王禀报，果真有匈奴使臣被班超所杀，鄯善国王送儿子去汉朝当人质、永结友善的事情。广德这才下了决心，归附汉朝，脱离匈奴。

32. 为了表示对汉朝的真心友好，广德暗中派遣兵马，攻杀匈奴驻于阗
   监护广德的将吏。

33. 广德带着匈奴使臣的首级来见班超，班超大喜，将携带的黄金绸缎送给广德和他的将官。于阗国王和文武官吏得了馈赠，都十分高兴。

34. 于阗和鄯善是西域的大国，这两个大国既已归顺汉朝，其他小国也多半归附，纷纷派子弟到汉朝为质。西域与汉绝交已有六十五年，至此才重新和汉朝交好，互相往来。

35. 只有龟兹王建，是依靠匈奴当王的，不肯归附汉朝。龟兹王建仗着匈奴撑腰，占据了天山北道，并出兵攻破邻国疏勒（今新疆喀什一带），杀了国王，派龟兹贵族兜题当疏勒国王。

38

36. 永平十七年春，班超率领部下离开于阗，从山间小道悄悄进入疏勒
国境，准备袭取疏勒。

37. 一行人马到达离兜题居住的槃橐城几十里的地方，班超派手下将官田虑和十余名壮士先去招降兜题。班超叮嘱田虑说："兜题不是疏勒人，国民一定不会服他。你去招抚，如果兜题不肯降服，就乘机把他抓起来！"

38. 田忌也很有胆略，奉命带着十余名壮士就往槃槃城赶去。

39. 到了槃橐城，田虑报名求见，向兜题陈说利害，劝他归降大汉。兜题见汉使只有十几名随从，毫不放在心上，一味敷衍搪塞。

40. 田虑见兜题毫无戒备，就当机立断，拔剑出鞘，一声令下，十几名壮士一拥而上，将兜题捆绑起来。兜题的左右不过几人，全都躲闪在一旁。

41. 田虑把兜题押到城外，立即派人飞马前去报告班超。

42. 班超率领众人快马加鞭赶到疏勒国都，把该国的文官武将都召集起来说："龟兹残暴无道，你们应当为死难的国王报仇，怎么能投降屈服呢？！"

43. 文武大臣回答说："大家并非真心屈服，只是力量不足，只得等待时机了！"班超于是命部下把兜题押了上来。大家见了，都欢呼起来。

44. 班超说："我是大汉的使臣，只要你们能听从我的号令，何用害怕龟兹！"于是立已故疏勒国王的侄子为疏勒王，并改名字为忠。疏勒举国上下都十分欣喜。

45. 疏勒新国王忠和官吏都要求班超杀掉兜题，为先王报仇。

48

46. 班超说："杀掉一个庸夫有什么益处呢，不如把他放回去，让龟兹人知道大汉的威德，从此不敢轻视汉朝，觊觎邻国。"大家又都表示赞成。

47. 班超于是命人替兜题解开绳子，向他宣扬了汉朝的威望和恩德，要他回去告诉龟兹王，快快归降汉朝。

48. 兜题幸免一死，连声答应，拜谢了汉朝使臣，骑上马返回龟兹国去了。

49. 班超平定了疏勒国后，派人去朝廷报告。朝廷檄令班超暂留疏勒城，不必马上回朝。班超于是尽力治理西域。

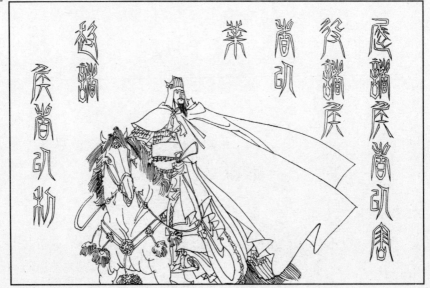

50. 班超文武双全，足智多谋，"屈诸侯者以害，役诸侯者以业，趋诸侯者以利"，终于平定了西域诸国。此后，他治理西域三十多年，为当地发展生产、改善百姓生活立下了汗马功劳。

李惟简蓄财待寇安边境

编文：良 军

绘画：陆小弟 张景林

原　文　　用兵之法：无恃其不来，恃吾有以待也；无恃其不攻，恃吾有
所不可攻也。

译　文　　用兵的法则是，不要寄希望于敌人不会来，而是依靠自己做好
了充分准备；不要寄希望于敌人不进攻，而是依靠自己拥有使
敌人无法进攻的力量。

1. 安史之乱期间，唐朝的精兵内调平乱，边防力量薄弱。吐蕃趁机入侵，西北数十州相继失守。自凤翔（今陕西凤翔）以西、邠州（今陕西彬县）以北，均成为吐蕃领地。

2. 此后，吐蕃连年攻入唐境。吐蕃出兵从不备粮草，让将士任意掳掠。每破一城，都抢掠一空。

3. 唐德宗贞元三年（公元787年），吐蕃攻破陇州（今陇县一带）所属的三个县，残杀许多老弱百姓，掳走青壮年男女万余人。在西去途中，对被掳的青壮年说："准你们向东哭别故乡。"于是哭声震地，千余人投崖自尽。

4. 唐朝廷多次更换边境守将，但收效不大。多数守将畏敌如虎，吐蕃入侵时，退避脱逃。吐蕃不占土地，掳掠后就走。守将待敌军走后，又以"驱敌"之名向朝廷邀功请赏。

5. 侥幸留下的边地百姓，亦纷纷扶老携幼，远走他乡流浪，苦不堪言。

6. 数年后，至唐宪宗元和六年（公元811年），朝廷派金吾大将军李惟简出任凤翔节度使，负责陇州地区的防务。唐军每天与吐蕃兵接触摩擦，李惟简亲自到边地察看。

7. 李惟简经过深入调查后，与部属议论，说："边将应当谨慎守备，蓄财积粮，以防外寇入侵。不应轻启战端、生事邀功。"于是，下令不准士卒随便进入吐蕃占领的地界。

8. 李惟简率领将士发展农业生产，鼓励商人从内地贩来耕牛，开发了不少荒地。

9. 在辖区内，大力铸造农具，分发给一些缺少农具的农户，鼓励他们开垦种植。

10. 这些措施，使原来残破不堪、民不聊生的凤翔边陲，出现了生机。离乡出走的人也陆续回来了。短短几年，增加农田数十万亩，并连年丰收，公私都有积蓄。

11. 小贩、商人纷纷运来布匹、日用品，并从凤翔收购农副产品，贩到其他地区去。

12. 加强了经济实力，得到了百姓的支持。每到节日，百姓们杀猪宰羊慰劳驻军，军民同乐。

13. 上下一心，众志成城。遇到敌寇骚扰、入侵，百姓们主动扛起锄锹，与驻军共同抵御。

14. 吐蕃慑于陇州地区军民团结，防守严密，无隙可乘，不敢轻犯。李惟简任凤翔节度使期间，该地区颇为安宁。

战 例 **李续宾孤军犯险被围歼**

编文：王晓秋

绘画：雷德祖

原　文　必死，可杀也。

译　文　只知死拼可能被诱杀。

1. 清咸丰六年（公元1856年）九月，太平天国内讧，东王杨秀清与北王
韦昌辉相继被杀；次年五月，翼王石达开出走，太平天国的政治、军事
面临危机。

2. 太平天国后期将领陈玉成与李秀成力挽危局，与清军激战。1858年秋，挥师东进。清江宁将军都兴阿和浙江布政使、湘军悍将李续宾趁机自湖北东犯安徽。

3. 清军攻占太湖（今安徽太湖）后，兵分为二：都兴阿率部进逼安庆；
李续宾率所部湘军拔潜山、克桐城、占舒城后，指向舒城以东五十余里
的三河镇，准备进攻庐州（今安徽合肥）。

4. 李续宾令部队向三河急进，部将谏道："今安庆未克，若孤军进攻庐州，恐怕安庆守敌要截我后路。不如休整数日，相机而行。"

5. 李续宾道："安庆的敌军，对付都兴阿将军的进攻都危险，哪有力量截我？我军正可进攻庐州，不必多虑。"于是令部队星夜往三河进发。

6. 三河镇位于巢湖西岸，庐州府南九十里，为进攻庐州必争之地。太平军在城内广屯粮草、军械，供庐州、天京之用。清军早想攻下这个军事重地。

7. 原先三河镇并无城垣。太平军占领后在这里建成一座大城，城外筑有九座坚固的砖垒，防守严密。咸丰六年（公元1856年）九月十六日曾为清军攻占，后被太平军夺回，派吴定规镇守。

8. 十一月初，李续宾部进逼三河，部将见太平军严阵以待，劝阻李续宾道："我军不过数千人，前无导，后无援，孤军直入，容易遇险。"

9. 李续宾道："我自用兵以来，只知向前，不知后退，就是死于敌手，也是我带兵的本分。明日，定要破他坚垒，死而方休！"诸将不敢多说。

10. 十一月七日黎明，李续宾下令兵分三路进攻镇外九垒。

11. 太平军依托砖垒，顽强抵抗。由于湘军攻势凌厉，冒死冲杀，自昼至夜，终于攻下城外九垒。太平军被迫退入城内固守。

12. 此时，陈玉成已攻克六合（今江苏六合），得知湘军大举东犯的消息，无心在长江下游作战，当即起兵前往救援。

13. 途中，陈玉成接到了镇守三河的守将吴定规"舒城已破，三河危在旦夕"的告急文书。

14. 陈玉成踱步沉思：湘军虽然强悍迅疾，但三河在我腹地，敌孤军深
入，正是围歼的好机会。

15. 陈玉成派人将"截断敌援，围歼三河清军"的作战方案奏明天王，并请调李秀成军同往三河配合作战。

16. 陈玉成率军日夜兼程赶往三河。在湘军进攻三河镇的当天，直插三河镇以南的金牛镇，从南面包抄，截断李续宾的退路。

17. 同时，陈玉成令庐州守将吴如孝会同捻军首领龚得树自庐州出发，直趋金牛镇，南下截断舒城敌人的援兵。

18. 李秀成应约随后率军前来，驻军于白石山附近，作为后援。至此，进抵三河镇一带的太平军总数达十万余人，军势大壮。李续宾陷入太平军四面包围之中。

19. 面对太平军优势兵力的威胁，部将又向李续宾苦苦劝说："敌众我寡，唯有退守桐城方为上策。"但李续宾求胜心切，不听劝告，决定于翌日黎明偷袭金牛镇陈玉成军营。

20. 湘军的偷袭部队进至樊家渡、王家祠堂时，与陈玉成军遭遇。陈玉成率部且战且退，诱湘军至设伏地区。

21. 湘军进入伏击区后，陈玉成机智地利用地形和大雾天气，从湘军的
左、右、前、后杀出。湘军不战自乱，死伤千余人。

22. 李续宾闻讯，亲率四营兵马，前往援救，连续十次冲锋，均冲不进去。

23. 屯兵于白石山一带的李秀成军，听到金牛镇炮声不绝，知已开战，亲引本部人马，向三河杀来，合击湘军。

24. 三河守将吴定规也率军由城内冲出，李续宾腹背受敌。

25. 陈玉成与李续宾军正在激战，援军一到，太平军士气更高，杀得李续宾大败而逃。

26. 李续宾逃回大营，坚守待援。

27. 太平军几路人马会合，包围了敌营。

28. 李续宾率军往来冲杀突围，怎奈四面如铜墙铁壁，难以突破。

29. 李续宾见湘军精锐后退无路,外援被阻,知大势已去,自缢而死。所余五千人马,全被消灭。

30. 三河之战的胜利，使天京转危为安。太平天国的军威得以重振。

吕布怯战贪生反遭杀

编文：晨　元

绘画：盛元富　玫　真　施　晔

原　文　必生，可虏也。

译　文　贪生怕死可能被俘虏。

1. 东汉末年，黄巾起义被镇压后，各地封建割据势力争权夺利，互相兼并。骁将吕布，原是并州刺史丁原的部下，后来杀了丁原投奔董卓；继又杀董卓，先后投奔袁术、张扬、袁绍，反复无常，只贪眼前之利，并无远图。

2. 东汉兴平二年（公元195年），吕布与曹操争夺兖州（今山东郓城西）失败后，逃到下邳（今江苏邳县南）依靠刘备。刘备盛情接纳了他，并将他安顿在沛城（今江苏沛县）。

3. 不料，刘备在抵御袁术进攻时，吕布却在袁术的怂恿下，袭取了刘备的下邳，自称徐州牧，反将刘备赶到沛城。

4. 吕布与袁术为了各自的利益，几度联合，又多次反目。东汉建安三年（公元198年），吕布与袁术再次联合，进攻驻在沛城的刘备。

5. 刘备兵少将寡，自知抵挡不住两支军队的进攻，急忙派人向曹操求援。

6. 曹操原来就打算击败吕布，扫除后顾之忧，以便与北方最强大的对手袁绍决战。于是，就先派大将夏侯惇率军前往救援。

7. 曹军救兵到达沛城，立营未稳，就被吕布手下的大将高顺击败。夏侯惇也被流箭射伤左目。

8. 援军败退，吕布军乘胜攻破沛城，刘备单身出逃，投奔曹操。

9. 曹操得知夏侯惇兵败，立即亲率大军征讨吕布。途中遇到刘备，遂一同前往。

10. 吕布得到探报，十分忧虑。谋士陈宫说："应该出兵迎战，以逸待劳，定能取胜。"吕布见曹军声势夺人，不敢迎战，但还是色厉内荏地说："不如等他们前来，我将他们都赶入泗水。"

11. 曹军进军一路顺利，攻占彭城（今江苏徐州），进至下邳。吕布一连数战都不胜，只好退入城内，不敢再战。

12. 吕布见曹军阵营严整，戈甲耀日，不禁胆怯心虚。这时，士兵送来一封曹操的书信，信中详细陈述祸福，劝吕布尽早投降。

13. 吕布更加害怕，想出城投降。陈宫劝阻道："曹操远道前来，很难持久。将军若带兵到城外屯扎，我在城内坚守，内外配合，互相呼应，不过十天，曹军粮尽。那时，我们两军夹击，必破曹军。"

14. 吕布也认为这计策可行，就决定让陈宫与高顺守城，自己带兵出城，截断曹操的粮道。

15. 晚上，吕布与妻子告别。妻子对他说："陈宫、高顺两人不和，一定不能同心守城。何况以前曹操待陈宫如同骨肉，陈宫还舍曹而归我，今您将全城和妻子都交给他，孤军远出，一旦有变，我还能是将军的妻子么？"

16. 吕布一听这话，又改变主意，决定不再出城。只是派使者趁黑夜混过曹营，向袁术请求救援。

17. 吕布曾答应将女儿嫁给袁术的儿子，后又反悔了。袁术一直耿耿于怀。因此，他不肯遣兵救援。

18. 吕布也估计袁术是为此事迟迟不肯发兵的，就将丝绵缠好女儿的身体，把她缚在马上，想趁着夜深，冲出包围，将女儿送给袁术。但很快就被曹军发觉，吕布冲不出去，只好退回城内。

19. 曹操为防备吕布突围，命令士兵在城四周掘堑，将下邳围得水泄不通。但是，两军相持日久，曹军士卒也疲惫不堪。

20. 曹操想退军。谋士荀攸、郭嘉劝阻说："吕布有勇无谋，屡战皆败，锐气丧尽。三军以将为主，主将无斗志，全军必定无奋勇作战之心。陈宫虽多智，但预见迟缓，现在乘吕布锐气未复，陈宫计谋未定，我军加紧急攻，其城可拔。"

21. 曹操采纳了他俩的建议，引沂水、泗水灌城，下邳在水中泡了一个多月后，吕布已经毫无斗志，他登上白门城楼朝着曹军士兵喊道："你们不要再围困我了，我将向明公自首。"

22. 在一旁的陈宫一把拉开他说:"什么明公,是逆贼曹操。你若降他,犹如羊入虎口,岂能保全?"

23. 于是，吕布天天喝闷酒解愁，动辄责打将士。

24. 吕布的暴虐，终于激起兵变。部将侯成等捉住陈宫、高顺，率领所部开城投降曹操。

25. 吕布听到消息，急忙登上白门城楼，只见其余各门都已失守，曹军
布满楼下。吕布颇为恐惧，对左右侍从说："你们把我杀了吧！"

26. 侍从不忍心下手，劝他还是投降。吕布只好走下城楼请降。曹兵将吕布紧紧捆绑起来，押送去见曹操。

27. 吕布大声对曹操说："从今以后，天下可定了。"曹操说："为什么？"吕布说："明公最担心的是我吕布，现在我已经服了，如果让我率领骑兵，您率领步兵，天下还不能定吗？"

28. 吕布又向坐在一旁的刘备求情说："如今你是座上客，我是投降的俘虏，我被绑得这样紧，你就不能为我说一句话吗？"

29. 曹操笑着说："缚虎不得不紧些。"说完就命士兵将绳索放松一些。刘备说："不可！明公不是知道他是怎样奉事丁原、董卓的吗？"

30. 曹操点头称是，当即命令士兵将吕布拉下去处决。吕布怯战怕死，最终难逃被杀的命运，曹操因此彻底清除了来自东侧的威胁。

邓羌迫垒激姚襄

编文：浦　石

绘画：叶　雄　孙继源　古　华

原　文　　忿速，可侮也。

译　文　　急躁易怒可能中敌人轻侮的奸计。

1. 东晋穆帝永和八年（公元352年），羌族首领姚弋仲病死，其子姚襄
率众南归东晋。第二年又叛晋，屯兵盱眙（今江苏盱眙），招纳流民，
鼓励农业生产，部众发展至七万。

2. 东晋朝廷闻报，于永和十年（公元354年）五月派兵沿长江守备。姚襄部众大部是北方人，都劝姚襄北还。于是，姚襄于永和十一年五月移军中原，进据许昌，自称大将军、大单于，永和十二年发兵攻打洛阳，欲控制中原。

3. 洛阳久攻不克。这时，晋征讨大都督桓温率兵讨伐姚襄，兵至伊水（在今河南洛阳南）。姚襄撤洛阳之围，率兵与桓温交战。

4. 桓温发起进攻，姚襄军大败，死伤数千人。姚襄收集余众退奔平阳（今山西临汾西南）。

5. 桓温追赶姚襄不及。原姚襄的宾客杨亮，投降了桓温。桓温问他姚襄的为人如何？杨亮将他比做东吴开国之主孙策，说姚襄比孙策更为英武。桓温为之叹息，遂撤军返回。

6．姚襄势力渐大，企图占有关中。前秦王苻生深以为忧。东晋升平元年（公元357年）四月，苻生派广平王黄眉、东海王苻坚、建节将军邓羌率兵攻打姚襄。

7. 前秦军骁勇善战，姚襄的堂兄姚兰为前秦所俘，姚军受挫，姚襄率众向西退却。百姓相从者甚多。

8. 前秦军乘胜追击。姚襄听从智通之计，坚壁不出，固守营垒，聚集力量。前秦军毫无办法。

9. 建节将军邓羌向广平王黄眉献计："姚襄爱护百姓，我可俘掠百姓以乱其心，再鼓噪扬旗，直逼其营垒，使他愤怒出战，可一战而擒。"

10. 前秦军四出攻打追随姚襄的百姓，掠其子女，抢其牛羊，一时烟尘四起，哭声遍地。

11. 姚襄闻报，拍案而起，要与前秦军决一死战。智通劝道："这是前秦的奸计，不可出战。"姚襄道："我不能见百姓受难而不救。"

12. 五月，邓羌率骑兵三千，迫近姚襄的营垒，扬旗呐喊，击鼓叫阵，并叫士兵百般辱骂。

13. 姚襄怒不可遏，不听智通再三劝告，率兵冲出营门。邓羌见姚襄中计，虚晃一枪，不战而走。

14. 姚襄率兵追赶，盛怒之下，不计后果，一直追到离开营垒很远的三原。邓羌回转马头，大笑道："姚襄，你中计了！"

15. 姚襄也不答话，放马冲杀，所到之处，如入无人之境。邓羌也是一员骁将，胜算在握，从容应战。

16. 前秦广平王黄眉大军突然来到，截断了姚襄的后路，姚军大乱，前秦军前后夹攻，姚军大败。

17. 流矢飞来，射中了姚襄的战马。战马仆倒，姚襄为前秦军所擒。一代英豪，因不忍一时之忿，终至被俘，死时仅二十七岁。

18. 百姓闻姚襄死难，皆望北而哭。前秦王念他英勇，以公礼厚葬。